차가운 기도

차가운 기도

초판 1쇄   2014년 11월 3일
지은이   변현상
펴낸이   김영재
펴낸곳   책만드는집

—

주소   서울 마포구 양화로3길 99 4층 (121-887)
전화   3142-1585·6
팩스   336-8908
전자우편   chaekjip@naver.com
출판등록   1994년 1월 13일 제10-927호
ⓒ 변현상, 2014

—

* 이 책은 2013 아르코문학창작기금 지원을 받아 발간하였습니다.

—

ISBN   978-89-7944-498-8 (04810)
ISBN   978-89-7944-354-7 (세트)

책 만 드 는 집   시 인 선 0 6 0

차가운 기도

변
현
상 시
집

책만드는집

사진_ 공말이

살아가는 등록들이 지워지는 순간까지
시간과 뒹굴면서 흘러야 할 사명임에
오늘 밤 아내와 함께 또 치레를 해야겠다

「인간의 사명」 중에서

시인 변현상

1958년 경남 거창 가조 출생
2007년 《나래시조》 신인상
2009년 〈국제신문〉 〈농민신문〉 신춘문예 당선
2013년 한국예술위원회 아르코문학상 수혜
한국시조시인협회, 오늘의시조시인회의 회원
메일 bhs-salus@hanmail.net
C.P 010-6688-0835

뒤늦게 훔친
시마詩魔의 경經
부끄럽게
꺼내놓고

흘러가는 물의 심장 뚫기를 간구하오니

내 몸을 관통하고 간
분신分身들이여!
영원하라!

2014년 가을 낙동강 끝자락에서
변현상

| 차례 |

1부   가면 식탁

2부 비단 보약

3부 적극적인 공범자

4부　경건한 조연

5부 인간의 사명

1부
가면 식탁

서시序詩

흑과 백이 함께 만든 회색의 평화처럼

살가운 실바람에 울컥하는 마음처럼

쉬리가 헤엄을 치는 투명한 여울처럼

번개 천둥 꽃향기에 꿈쩍 않는 바위처럼

더도 덜도 붙지 않는 차가운 철로처럼

살아서 뿜어 올리는 뜨거운 용암처럼

귀성歸省

얼마나 굶었는지 폭식을 한 고속도로 온종일 끙끙거리며 복통을 호소했다

그래도 웃으며 가는 회귀回歸하는 연어 떼

평상平牀의 자세

산동네 높은 골목 슈퍼 앞에 자리 잡은
그의 몸은 기억한다
나무로만 살아온 날
푸르던
수직의 몸이
수평으로 누웠다

할머니들의 수다와
배달하는 걸음들과
술에 취해 졸다 가는
말뚝잠을 위하여
내주는 평상의 품은
거늑하고 온온했다

오늘 또 퍼붓는 게릴라성 폭우부터
지난가을 낙엽과 겨울밤 폭설까지
말없이 받아 앉히는
탈색된 수평의 몸

열대야

벗으려 악을 써도 자꾸만 달라붙는

잠까지 깎아먹고 무쩍무쩍 기어 오는

푹 젖어 분비물 같은 끈끈한 밤의 변주

힘으로 꺾는다고 꺾이는 게 아니듯이

홀라당 벗었다고 다 벗은 게 아니듯이

위하지 아니하는 게 위할 때도 있는 건가

도시의 땅바닥에 보일러를 틀어놓고

풀 통을 뒤집어쓴 축 늘어진 사내

통째로 솥에다 넣고 장작불로 삶고 있다

마이산 탑사

뾰족한 집
저 두 곳이 우리 가문 종택이야

그다음이 마을회관 그 옆이 옛날 서당

저 빈터 우리 집터야
띠살문 돠리집이던

일가친척 옹기종기 백여 가구 넘었었지

집성촌이 다 그렇지 뭐
뿔뿔이 다 나가고

그래도 가끔 꿈을 꿔 예전처럼 모여 사는

12월의 동화

명동의 환한 봄은 한 계절 빨리 오네
대설주의보 내린 거리
까르르 웃음 짓는
눈부신 봄날이구나! 꽃잎이 흐드러진

여민 외투 파고드는
구세군 손 종소리
얄팍한 가슴속을 거늑하게 녹이면서
저마다 씨앗을 꺼내
자선냄비에 심는다

겨울잠 든 가로수 꽁꽁 싸맨 응달에도
새싹이 돋아나면
초록빛은 더 짙겠지
캐럴이 춤추는 거리 벚꽃 펄펄 날고 있다

솔로대첩

출애굽 하기 위해
쌍심지 켜고 몰려오네

젖과 꿀이 흐르는
가나안을 향하여

약속한 달콤한 광장은
SNS로 통하나니

가으내 풀만 뜯어
통통 살찐 사슴으로

픽! 하고 맞고 싶다
큐피드Cupid의 화살을

오늘은 내가 궁사다
크리스마스이브의 솔로대첩

가면 식탁

장바구니 들어주며 따라간 재래시장

보름사리 해무 속에 원산지가 숨어버린

가면 쓴 얼굴만 남은 난장판인 걸 알았다

밑진다며 깎아주는 칼 없는 마법에 걸린

방긋방긋 받는 손과 싱글벙글 퍼주는 손

바람에 펄럭거리는 신토불이 찢긴 구호

먹구름 짙게 내린 아버지의 넓은 들녘

이름도 잊어버린 우리들의 저녁 식탁

타인의 속곳을 입고 모래 꺽꺽 씹고 있다

백마넌에 오마넌

한곳에 머문다는 건 환한 기다림 맞지

설산이나 고봉高峯 같은
석탑이나 피라밋이면

빛나는 이름 하나쯤 얻었음 직하겠지만

대낮에도 외등을 켠
산복도로 저 전봇대

마몬의 유혹에 빠진 네온보다 환하겠다

    세 잇 씀 백 마 넌 에 오 마 넌

막무가내를 꼭 껴안고……

이안류

휩쓸리면 안 된다고
두 아이 세운다고

음주 사고에 남편 잃은
대리운전 김 여사

남들은 퇴근길인데 그녀는 또 시작이다

거꾸로 매달려야
숙면하는 박쥐의 잠

역겨운 술 냄새와 같은 몸이 되기까지

해운대
어둑 새벽길
불도저가 된 김 여사

요변窯變 화병

뼈까지 다 녹이며 계명으로 환생했다

통째로 다 내주고 뜨겁게 살아가라!

내 몸을 내준다는 건 아름다운 꽃 되는 일

노박비가 퍼붓고 간 해맑은 하늘처럼

계림에 묻혀 있던 천년의 미소*처럼

시들어 떠날 때까지 빙그레 웃어줘라!

얼짱 몸짱 값 매기는 눈곱 낀 눈동자들

찌그러진 몸이라도 껴안으면 꽃 아니리

잘록한 에스라인s-line이 아니어도 참 고와라!

* 얼굴 무늬 수막새人面文圓瓦當.

직구가 좀 그래

1
스름스름 할 때부터 곡선이 더 좋았다

빠름, 빠름 고속도로서 요절한 멍멍이와

외삼촌 대형사고가 이유는 아니었다

숫처녀 가슴 같은 봉긋한 앞산 마루

잘록한 허리같이 휘도는 시냇가를

일직선 고속철도가 겁탈했기 때문이다

2
굽이굽이를 잘라먹은 직선의 고속보다

휘어지는 변화구로 삼진을 바랐는데

광속의 직구를 던져 역전 홈런 맞는 너는……

아까운 걸작

매지구름 숨어 있는 백내장의 눈동자로

흙 너울 뒤덮어 쓴 백악기의 봄이 왔다

방사선 섞여 있다는 비 소식도 들리는데

"자기야 동백 핀 것이 젊은 날 나 같으네!"

창밖 아파트 화단 누런 그늘 그 곁으로

한 번도 어기지 않고 벙그는 목련을 보며

빌려 쓰는 이 걸작품 아까운 초록별을

야금야금 갉아먹는 누에가 된 포클레인

보아라 꼭 껴안아도 얼음장의 시린 봄

산의 후리 달려갔던 공룡의 콧김같이

고장 난 핵발전소 내뿜는 수증기에서

종말의 냄새를 맡는다 황사 내려 아득한

그루터기의 시간

겨울 오는 된비알
요양병원 침대 위에
오래 묵어 우물대는 헐렁한 틀니들이
왜바람 휘몰고 오는 해거름을 씹는다

자동화로 질주하는 시대에 승차당한
링거 꽂아 충전해도 평지가 힘든 낙타
깊은 밤 빗금을 치는 별똥별의 시간이다

갈무리한 둥치까지
아낌없이 싹둑 잘라
사위로 며느리로 대처로 다 보낸 뒤
무서리
하얗게 맞은
무청으로 넘고 있다

2부
비단 보약

광장에 대한 아홉 줄의 보고서

알코올을 쏟았지만 흔적 없이 증발하는

열대성 저기압을 잉태하는 북태평양

큰 무리 그들의 힘을 잴 수 있는 측정 기구

눈, 비에도 방치되는 유통기한 없는 노숙

무장무장 번져가는 들불의 발화 지점

언제나 걸을 수 있는, 혹은 걸을 수 없는

끓는 잔에 얼음 넣고 휘휘 젓는 냉커피 잔

'노병은 죽지 않는다!' 살아 있는 동영상

참 넓다 울 엄마 마음 왜 진작 몰랐을까

비단 보약

청해루서 제공하는
짜장데이 점심이다

"통비단도 배곯으면 한 끼라고 안 카더나!"

끼니가
업業이 돼버린
틀니들의 아포리즘

장마에 볕이 나듯
한 달에 한 번 오는

미소 넣고 곱게 비빈 짭짤한 짜장 보약

괴정동
양지경로당
"짜～장" 하고 해가 뜬다

용대리

물이란 관념 속을 과감하게 뛰쳐나온
할복한 몸통들이 빗금 바람 먹고 있다
온전한
자유를 향한
겨울 덕장의 저 불길

고래들도 생각 못 한 황홀한 몸의 거사
누가 있어 저 혁명에 감히 돌 던지겠나
멀고 먼
후생의 하늘
새 되어 날아갈 명태

물의 감옥 탈출하다 줄줄이 꿰어진 채
난생처음 눈보라에 잦바듬히 입 벌리고
죽어서
죽음을 이기는
황태로 개명 중이다

그린마일에 산다

입하立夏 지나, 소만小滿 무렵
저수지 윗길 같은
억 톤의 타이어가 굴러가는 이 도시는
일테면 일천억 톤의 거대한 도로 위다

무조건 횡단하는 두꺼비 새끼 떼같이 우르르 밀려가는
비 오는 날의 러시아워, 사람이 사람을 밟고
차가 차를 밟고 가는

집행 날짜 모르고 사형수로 살고 있는
굶주린 콘크리트
마천루 거대 감옥
언제쯤 바퀴에 깔려 로드킬을 당할지

쫓기며 살아가는
숨 가쁜 이 거리는
깜박하면 목 떨어지는 거대한 단두대다

아무도
알지 못하는
그 순간을 살고 있는

성에꽃

밤사이 차창 위에 돋을새김 문장文章이다
지난여름 날 적시고 우주로 간 소나기가
이렇게 꽁꽁 시린 날 꽃무늬 연서라니……

히터 켜고 읽는 사이
어렵쇼!
울고 있네!
오호! 섣달의 긴 밤
시詩에 빠져 뒹구는 동안
넌 혼자 진저리 나게
날, 그리워했었구나!

난생처음 참가했던 세미나 끝자리 같은
후 불면 날아가는 희미한 먼지 같은
일간지 한쪽 모서리 투고란에도 실리지 않는

얼룩 같은 날 찾아와

온몸으로 우는 이여!
따글, 따글 얼어붙은 유리 위라도 녹았던 적이
그래 난 언제였었지
펄펄 끓던 첫날밤인가?

입춘 立春

입춘이란 여행에서
막 돌아온 여류 시인

꺼놓았던 보일러를
일찌감치 켜놓았다

들창엔 얼어붙었던 성에꽃이 녹아내리고

커튼 걷자 부신 햇살
따스함을 부른 거실

온실로 피신했던
풍란이 돌아오면

온 누리 구석구석이 푸릇푸릇 번지겠다

네 물이 내 몸에 와

햇나물의 향기를 아침상에 올리려고
밤늦도록 다듬었던 아내의 손톱 밑이
작업복 소매가 되어 까맣게 물들었네!

네 물이 내 몸에 와, 네 것이 내 것 되는
여민 단추 풀어주고 받아주는 행위들이
불타는 마음도 없이 이루어질 수 있었을까

천둥과 번개와 비, 바람 잦은 이 현세를
가장 낮은 자세로 온 햇나물의 짙은 물은
어쩌면 저리도 깊게 눈물로 스몄을까

아래위가 달라붙은 부끄러운 연탄처럼
불법 주차 스티커의 낯 뜨거운 체위처럼
까맣게 물든 손톱을 나무랄 수 있겠는가

봄바람

알싸한 아편 냄새 시나브로 번져가자

냉동된 통닭들이 홰를 치며 깼다는 둥

갱년기 앓던 암퇘지, 발정이 났다는 둥

중풍에 쓰러졌던 옥문동玉門洞 큰골 아재

갑자기 양다리로 벌떡 일어섰다는 둥

핑크빛 뭉게구름이 둥둥 어화 휘젓는다

내장산

탄내 나는 몸으로 드러누운 저 짐승은

발정 나서 끙끙 앓는
맹렬한 붉은 수컷

불볕과 뒹굴던 몸이 울긋불긋 화상이다

물이 들면 바람나는 전염병이 퍼졌다고

고삐 풀린 소문에
우르르 몰려오고

짐승의 불타는 몸이 가으내 절정이다

재활 병동

사과밭 영글던 꿈 병원에서 만나본다
흔들리며 부대끼며
찢겨 앓는 저 우듬지
태풍이 몽니로 만든 도사리가 몇 개였나

돌아보면 모두 낙과 알고 보면 텅 빈 지갑
떨어지나 팔려 가나
선과 후 그 차이뿐
쉼 없이 돌아야 하는 시곗바늘 같은 먼 길

돈들막 넘어가며 날파람도 숨죽이는
여기는 생명의 땅
가만히 손 모은다
스스로 조립을 하는 저 평온한 풍경!

하구 시편詩篇
- 트라우마

공사판이 되어버린 물새 떠난 강변 둔치
모래톱에 발이 묶인 녹이 슨 폐선 한 척
바람의 나라를 향해 진실을 타전했다

굴착기가 파 뒤집는
하구의 먼 미래가
오래전에 멸족된 재첩들과 똑같겠고
황톳빛 강의 핏물은 꾸역꾸역 흘러갔다

잘려 나간 개어귀의 옆구리를 보고 온 후
알몸의 흐느낌이 침실까지 따라왔다
그토록
가고 싶었던
황하黃河가 지워졌다

하구 시편
―일몰日沒 앞에서

날숨 뱉는 난바다에 까치놀이 흔들린다
하늘은 붉은붓으로
빈자리를 칠하면서
늘어진 하구를 끌고 서쪽 강을 건너간다

  힘에 부쳐 찾은 걸음 을숙도 삼각의 땅 오늘 또 누가 와
서 마른 목젖 적실는지 가면 쓴 세상이라도 민얼굴로 서
려 했다

  너는 또 잠이 들겠지, 속 편한 잠을 자겠지 줄 끊어진
통발처럼 둥둥 뜬 새벽이 깨면 도시의 야생마 되어 휘날
리며 달리겠지

  열대야가 오고 있다
  쓰쓰쓰 뭍을 향해

  너울 넘고 갈밭 지나 용암 되어 덮쳐온다

뜨거운
파도에 찍힌
불타는 몸
한 줌의 재!

천천히의 온도

달포 전에 당도한 봄 천천히를 입고 와서

무쇠솥 걸어놓고
시나브로 불을 지펴

오늘은 목련 우듬지
하얀 젖니 솟게 했다

화라락 타버리는
소지燒紙의 속도보다

우레로 겁박하며
후려치는 번개보다

살포시 가까이 오는 천천히는 당양하다

뜨거운 가족

그 무슨 핏대줄이 뇌랗고 복잡한가
이파리 몽땅 떨군
담쟁이넝쿨 가족들이
간밤에 내린 첫눈을 볕살에 녹이고 있다

위를 향한 몸짓이 최고의 구원인 듯
눈이 녹자 드러나는 꽉 잡은 손과 손을
무작정 하늘을 향한 욕심으로 읽지 말라

밤이면 얼어붙는 교회 골목 담장에서
가족으로 견디는 것 참으로 뜨거운 일
몸과 몸 서로 붙안고
앙세게 건너간다

3부
적극적인 공범자

시즌 season

노론 소론 남인 북인
판이 또 벌어졌다
밑천이 많은 자만 살아남는 각개전투
으르렁 피를 튀기는 이빨, 이빨, 이빨들

티켓을 든 사수들을 쓰다듬는 척하면서
누억 톤의 힘을 위해……
티켓을 얻기 위해……
무조건 빨아 챙기는 청소기가 되기 위해……

이쪽저쪽 엿을 들고 쩍쩍 붙는 여리꾼들
변장한 손가락으로 V 자를 그리면서
오가는 사수들에게
맛보기 엿
막 먹인다

천국 봤다

비 그친 뒤 산책 나간
강 둔치 물웅덩이

물에 빠져 일렁이는 지폐를 바라보다

개구리
올챙이들의
태평천하를 훔쳐보네

일과 시간 대낮에도 와글와글 놀고 있는

자기들끼리 연애하고
자기들끼리 결혼하는

태양계
혹은 은하계
또 있을까? 저 큰 나라

지하철에 갇힌 전쟁

해자垓字로 묻혔다가 지하철로 되돌아온
끝나도 끝나지 않은 서슬 퍼런 전쟁 하나
찢기는 비명을 안고 역사驛舍에 갇혀 있다

전설로 공부했던 그날의 옥쇄玉碎 전투
스쳐 가듯 바라보는 마음 없는 후손의 눈길
우레 비 퍼붓는 저편 하늘이 무너진다

조총 맞은 두개골과 칼에 잘린 두개골
기왓장 던지면서 죽음마저 뛰어넘은
지붕 위 어린아이와 흰 저고리 아낙네들

사백여 년 지났어도 죽지 않은 핏빛 호령
"죽기는 쉬워도 길 열기는 어렵도다!"戰死易假道難
수안역* 지하에 갇혀 쩌렁쩌렁 울고 있다

* 부산 지하철 4호선 역, 옛 동래성 해자 위치로 지하철 공사 중 발견되었
  다. 역 내부에 '동래읍성임진왜란역사관'이 있다.

멍키 포레스트 Monkey Forest [*]

암컷의 털 골라주던 엉큼한 수컷 놈이
둔부 쪽을 만지다가 짝짓기 시도한다
생수병 바나나 과자 외손질로 뺏는 저들

영락없는 개망나니 하나같이 꼭 빼닮은

"너희의 율법으로 자尺질을 하지 마라!"

빈 물병 집어 던지며 대놓고 칵칵댄다

저놈들의 전생은 틀에 묶인 수도자였나?
위선의 가면을 쓴 직선과 각이었나?
열대의 뜨거운 밀림 화통한 저들의 세상

[*] 인도네시아 발리에 있는 관광지로, 원숭이들의 집단 서식지.

마차진리에서

해안을 들이박는 저 무쌍한 파도, 파도
60여 년 두드려도 갯바위로 앉아 있는
꽉 막힌 불통을 향한 돌직구의 통쾌함이니

연탄불이 연탄불을 재 되어도 놓지 않듯
서로가 서로를 향해 목숨보다 간절하면
무작정 저리 달려와 장렬해도 되는 건데

으깨진 물보라가 한 경치를 펼쳐 보이는
아우성치는 이 영상은 참으로 무책임하다
덧없는 하루살이 떼 웡웡 왕왕 흩날리는

문아! 문아! 문아!

금강과 설악 사이 가로막은 몽짜의 문

간절한 눈빛으로
당기면 앙큼하게

허리를 비비 꼬면서 조금 열다 닫는 문아

안수환 시인의 시詩 「문」을 열고 들어가면

열고자 하는 손과
닫고자 하는 손이

한몸에 같이 살아서 눈물겹다 하는데

맘대로 넘나드는 꽃구름 언제 보나

58

부전동 교보문고
빙빙 도는 회전문은

자꾸만
끌어안고서
강강술래 하자는데……

해동 解凍

겨우내 강 녘을 꽝 꽝 끌어안았다가

북쪽 물이 남쪽 물이

흘레붙고

있네

있네

임진각 돌고 온 바람 힐끔힐끔

웃네

가네

눈 이불로 덮었어도 속속들이 다 보이네

어머나, 어머나

쩡 쩡

용을 쓰네

물오름 얼음장 아래 흥얼흥얼

섞네

가네

압송을 기다리며
─전봉준

압니다 낮과 밤이 뒤바뀔 수 없다는 걸

옥졸이 건넨 술잔에 잠시 잠깐 꿈에 들어

곤장에 세상을 버린 선친을 뵈었습니다

샅된 들불이 휩쓴 들녘 먼저 와서 일구는 건

나무 아닌 풀이지요 짓밟혀도 일어서는─

백성이 하늘입니다 함부로 베면 안 됩니다

반물빛 녹두꽃이 동백으로 뚝뚝 지고

순장당한 겨울 강 꽁꽁 언 얼음장 아래

물은 또 흘러갑니다 흘러야만 강입니다

동학 접장 저 전봉준 저는 이제 끝이지만

눈 덮인 우금치에 봄은 또 오겠지요

사초가 틀렸다 해도 제 걸음이 옳았습니다

우수 무렵

쑥물 드는 을숙도엔 여백이 남아 있다
스스로 몸 낮추며 드러누운 저 강물
나란히 일렬횡대로 명지바람 불어오고

쓰다듬고 매만지면 상처도 꽃이 된다
떠났다가 때가 되면 다시 드는 밀물 썰물
웃을 일 슬픈 일들이 찰랑찰랑 뒤척인다

등 돌리면 공든 탑도 모래성 되는 세월
겨울은 정이 들어 떠나기가 어려운지
갈대밭 하구를 따라 멈칫멈칫 걷고 있다

야누스의 성탄

2012년 Korea 호텔
성탄 전야 축하 연극
환각으로 촬영된 뉴스쇼 환상 픽션
예수님 부활하신 듯 풍악 꽝꽝 울린다

피눈물로 밥을 짓는 뉴스들은 삭제됐다
주인공에 캐스팅된
도시락 든 가짜 예수
쪽방촌 독거노인은 엑스트라 조연이다

순진한 양 떼를 향해 무차별 난사하는
환각 총알 장전한
텔레비전 중기관총
아무런 경고가 없다
환각이 시작된다

적극적인 공범자

1
혼자 살다 백골이 된 고독사가 발견되자
아파트 삿대질들
빙빙 돌며 총 쏘았다
큰 들보
박힌 눈으로
티 없는 척 조준하며

2
베란다 화분에서 결국은 숨이 졌다
말복에 더위 먹은 똥개의 혓바닥
쓰러진
부채선인장
당홍빛 몸뚱어리

매지구름 한 점 없이 불볕이 쏟아지고
콘크리트 넓은 숲은 달아올라 홧홧한데
두 손이 자꾸 시리다
선인장을 염하는 날

차선에 대한 단상

진보와 보수라는 날카로운 연대年代기에
우리 그냥 중앙선을 차선으로 보지 말자
깜깜한 도로 밝히는
라이트 빛이라 하자

오는 걸음
가는 걸음
그래야 길이잖니
보면서도 말 못 거는 그런 사람 꼭 있잖아
째마리
찌꺼기래도
함부로 지울 수 없는……

칼도 선도 아니라고 마구 넘는 불빛이여!
오래된 먼 왕조의 여황제 옥체이니
함부로 범하지 마라!
목숨이 아깝거든

4부

경건한 조연

여여 如如

달곰한 공범이지 능갈치며 동행을 한
거짓부렁 쌓았지만, 뒤끝은 깔끔하게
아내의 겁박 허풍에 빨래를 하는 저녁

성냄도 부질없다 애교에 풀려 도는
"수리수리 마하 수리 수 수리 사바~하"
통째로 되돌아가며 세탁기 경 읊는데

지나면 여여인 것들 탈수로 짝 빼는데
바꾸자고, 바꾸자고 트롬*으로 바꾸자고
철없는 아내를 넘어 가만가만 시詩 나온다

"시시한 시詩 밀쳐놓고, 보이소, 보이소~예! 오늘은 짱
이라~예! 뽕도 따고 임도 보고……"
불붙은 시인 가슴에 휘발유를 확 끼얹네

* 트롬 세탁기.

71

덜커덩 쿵

"덜커덩 쿵!"
읊고 있네!
차가 지날 때마다
식탁에서 밥 먹을 땐 비명으로 들리더니
지금은 법력이 깊은 선사의 말씀이네

맨홀 뚜껑, 그의 생이 바닥의 수행이라
밟힐 때마다 그는
골목길 사바를 향해
방하착放下着 날것의 설법, 숱하게 읊었으리

시문詩文을 적다 말고 다가간 걸음 앞에
윤이 나는 맨홀 뚜껑 반질반질 알몸이다
바닥에 바친다는 건
빛으로 사는 것인가

또 한 대의 개인택시

"덜커덩 쿵!"
밟고 가네
듣는 귀만 들리는 묵직하고 짧은 말씀
골목은 지붕이 없는
활짝 열린 설법전說法殿!

아저씨 물집

품을 파는 광야에서 돈을 딴 발바닥에

밑줄 친 꼴찌 같은
가장 낮은 무허가로

택배도 받지 못하는 집 한 채 또 지었네

오늘을 밀고 가는 적빈赤貧들이 지어놓은

문패도 차마 못 다는
곧 사라질 쓰린 거처

함부로 철거를 못 할 눈물로 지은 마가리집!

낙화와 벽

앞뒤로 막혀 있는 수직의 불통 앞에

메아리는 가로막혀 허공에서 춤을 춘다

스스로 전파가 되어 부딪치는 목소리

질식사로 발표되는 부끄러운 누드 그림

개화 못 한 꽃송어리 뛰어내린 뉴스 따라

아파트 바라보면서 퍼런 칼날 떠올린다

대화마저 고개 숙인 스마트폰 벽 앞에서

펼치면 추수 끝낸 바람 부는 빈 펀더기

우리네 가슴팍에다 대못 쾅쾅 박는 저녁

카인의 질주

바람도 부딪히면 으깨지는 속력 앞에
스스로 생 줄 끊은 뉴스가 악을 쓴다
"휘~이~익"
검은 그림자 사정없이 뛰어든다

"덜커덩"
"끼~이~익"
고양이 이놈 새끼
어디라고 뛰어들어
번지는 핏물 꽃물
헤매던 걸음을 벗고 안식하라 아벨이여

많이 슬퍼하소서! 조등 켠 가로등이여!
방치된 채 자전自轉하는 차가운 빙하기여!
"부~아~앙"
침을 탁 뱉고서
액셀러레이터 또 밟는다

우수 무렵 2

무척산 무척 높은 기도원에 볕기가 들자
넉가래에 밀려 죽은 제설된 눈덩이들
마침내 양수 게우며 꿈틀꿈틀하고 있다

비정규직 계약같이
갑과 을의 거래같이

협상조차 없던 응달
입술 깨문 부활이다

스스로
겨울 동굴을 통과한
저 씩씩한 고독사孤獨死

국화차를 앞에 놓고

산이 깊어 길도 끊긴 그림 속을 뛰쳐나온
이슬에 젖은 외고라니 초롱한 저 눈동자
가늘게 저미어오는 마주 앉은 사람아!

능청스럽게 눈짓하는 자목련은 아니래도
화려한 오월의 덩굴장미 아니래도
오늘도 된비알에서 제자리만 꾹 지키는……

갓밝이로 찾았다가 노을로 타는 하늘처럼
펄펄 끓는 물이라도 뛰어들 수 있다니
긴긴날 참았던 꽃이 찻잔에서 웃고 있다

환한 휴식

낡은 장화 한 켤레가 마당귀에 나와 있다
기미 낀 콧잔등이 오독誤讀이 아니었다
뒷굽은 삐딱하지만 반듯한 냄새였다

젊음을 증언하던 문서들은 필요 없다
오로지 주인 위해 논밭을 밟고 온 길
어둠은 별을 불러와 생채기를 다독였다

시드는 걸 생각하며 피운 꽃이 있었던가
아낌없이 다 준 생이 눈부시게 빛이 나네
환하게 앉은 그 자리 달빛도 쉬고 있다

가격 파괴

풀 죽은 외등 불빛
구직 카페 골목 어귀

게시판을 표류하는
ID, 명퇴 김金 씨

연체된 고지서까지 겹새끼로 꼬였다

동력 끊긴 어선으로 이리 침몰할 순 없어

뭐든지 할 수 있고
기본급은 폐기됐음

땡처리
부도 대처분
광고지를 내다 건다

절명絶命의 시를 읽다

읊는다고 모든 것이 시가 되지 않는다

모든 것이 태운다고 흔적 되지 않는다

나선형 카타르시스

모기향의 잿빛 사후死後

고아한 저 달빛이 어둠의 힘이라면

나선 문양 저 흔적은 화장火葬의 힘이겠지

얼마나 뜨거웠을까

황홀한 주검의 시詩

이명耳鳴

구들장 익어가는
동짓달 경로당

꾸벅꾸벅
세 할머니
졸음과 싸우신다

팔순의
삼랑진댁이
적막을 탁 깨신다

"또 매미가 울어쌌네, 달구비가 올라 카나?"

"머라꼬, 매미락꼬?"

게 눈을 한 거창댁 왈曰

"골 안에 빨개이들이 휘파람을 불구마는"

경건한 조연

솟구치는 분수 물은 떨어져야 눈부시듯

세탁기 탈수 코스 돌고 나온 셔츠에서

바닥에 툭 떨어지는 단추 하나 주워 본다

무대 한쪽 시멋 없이 여미면 여민 대로

허풍선 설레발은 펼친 적 없었는데

손잡고 같이 걸어온 그 동행이 싫어졌나?

저문 빛도 다 이운 갱년기의 겨울 초입

깍지 끼고 함께해도 풍치 온 줄 몰랐었네!

매달려 버틴 실밥에 사위가 다 환한 날

입문入門 보다

열차를 기다리는 대합실 의자에서

부러 눈길 주지 않는 엄마는 관객일 뿐

아기가 주저앉아도 손 내밀지 않는다

알을 깨고 바다 향해 모래밭을 내달리는

갓 태어난 거북이의 필사적인 입수入水처럼

저 홀로 무너졌다가 다시 또 일어서는

그래서 열리는 문 이미 알고 있었을까

누르는 만유인력을 당당하게 들쳐 메고

마침내 기립을 하는 젖먹이의 저 입문

5부
인간의 사명

청도 반시 감말랭이

처음 맛본 달곰한 맛
언제였나?
불혹 그쯤

몸을 깎아 맛을 얻는
깨달음이 들었으니

택배 온
성자를 맞는
경건한 저녁 식탁

씨받이니 대를 잇니 풋눈 같은 사람의 말

씨를 지워 행함으로 성자의 길이었네

모든 걸 놓았으므로 더 무겁고 더욱 붉다

셀룰러 메모리 cellular memory

1

고갱과 이중섭이 멱살잡이하는 사이
빈센트 반 고흐는
황소를 몰고 사라졌다
온전히 바코드로만 인식되는 알리바이

2

어둠은 새벽까지 돌연변이 못 하는데
독재자의 유전자를
고스란히 이식받은
불룩한 생떼거리는 대대로 똑같았다

3

시조時調를 부여잡고 긴긴밤을 앓는 것도
뇌세포에 전달된 황진이 때문일까

똬리 튼

메모리들이

잠을 자다 깨는 새벽

아름다운 특식
-제주도

왜 쪽빛 하늘인들
상처가 없겠는가

속을 앓은 멍든 자국
뜨겁게 안고 사는

할퀴는 바람 소리를
말씀으로 듣는 사내

세상에 죄 없는 자
돌로 쳐라 하여도

스스로 죄를 청한
보석같이 귀한 그대

떡하니 식탁에 놓인
하나님의 특식이다

흙의 길
– 문경전통찻사발축제에 부쳐

씨앗 품고 싹 올리던 엄마의 태반이던
그 흙이, 흙이 아닌 꽃으로 피기까지
뜨거운 불을 껴안고
얼마를 녹았던가

볼품 있는 박물관의 진열장에 나앉을지
향 깊은 노시인의 다완으로 동행할지
어디서 무엇이 되든
한 줌, 흙이었음을……

손에서 손을 타고
이어진 도요陶窯에서
고개를 조아린다 펄펄 끓던 그 순간을
식어서 환한 길이여
소리 없는 빛이여

군사설 辭說
-얄궂데이(day)

예배당 간이 벤치 할머니 두 분 대화시다
―그쪽은 오래됐능교? 예수님을 믿은 지가
―오데요 인자 한 오 년 한 육 년 됐을랑가

―올게 연센 몇인교?
―팔십하나 묵었소
―엥 갑장이구마, 그래 생일은 운젠데?
단박에 외투를 벗고 가벼워지는 저 말투

―사월하고 초이레
―뭐 사월 초이레?
―하고야 얄궂데이, 나하고 똑같네
―머시라 그도 초이레? 얄궂데이 참 얄궂데이

―그라마 내일이 생일인데 맞능가 베?
―하모 또 모레는 부처님 온 초파일이고…
서로가 서로를 보며 환해지는 등불이다

—초파일날 뭐 할 끼고? 우리 뒷산 절에나 가자
—절에는 말라꼬 가 교회를 댕김시로……
—절밥이 마싯따 카데, 시주 달라 할까 바?

—누가 보마 욕 안 할라? 절밥 묵으로 댕긴다꼬
—거 욕은 무슨 욕, 다 지 마음에 달린 기지
—하기사 우리 큰아도 몰래 술 마싯쌋태

군사설
-봄날의 공사

제트 굉음 먹먹한 공항로 전봇대 위

차 세우고 바라보는 구경꾼은 눈에 없고

한 쌍의 신혼부부가 보금자리 짓고 있다

대들보 얹으려면 길어야 할 거 같아

깍! 깍! 깍! 신호하자 수까치 물고 오른다

허 거참 나도 신혼에는 오순도순했었는데

그래, 그래 마음 맞춰 또 저리 손을 잡아

서로서로 당겨주면 금슬도 깊은 우물

설계는 아내가 했나 반나절에 끝나겠다

하늘도 허락해서 온챗집을 짓는데

가슴에다 마당을 펴 푸지게 웃고 살면

모르지 복권이 덜컥 일 등으로 강림할지

군사설
-심혈관 병동 0013호

영화 같은 무용담과 흥 돋우는 추임새 꽉 막힌 로터리
지나 뻥 뚫린 고속도로 부활한 나사로의 맘이 기뻐 저렸
을 거라*

"외항선 선장은 파도 맛에 행복하지 아 근데 씨 없는 무
정자증이 화근이야 결혼 후 삼십 년 만에 바람을 피우는
데……"

"어음이 휴지가 되면 술밖에 없더라고 발동이 걸렸다면
이 박 삼 일 기본인데 그나마 취하는 맛에 이날까지 버텼
는데"

"분위기에 판을 깔면 달포는 기본이야 끗발이 나중에는
피박으로 울화통인데 돈 잃고 웃는 양반을 봤어? 미치고
환장하지!"

뱃사람이건 중독자건 도박판의 타짜건 똑같이 사선을

뚫은 네 마리 붕어빵이 끼니를 기다리면서 걸쭉하게 누
워 있다

* 요한복음 11장에서 따옴.

군사설
－바람, 바람, 바람

어금니가 하도 아파 치과에 들렀더니

잇몸에 바람이 든 들뜨는 풍치란다

의사 왈ᴼ 통증이 가면 미련 없이 뽑자는데

가정이나 이빨이나 바람 들면 뽑는 거라

아내 바람 때문에 이혼을 한 친구 녀석

속으로 싸움한 거라

고군분투한 거라

욱신대는 치통이 뜬금없이 도지듯이

한 순배 술이 돌면 어김없이 앓는 친구

태풍에 날아간 건데

바람 바람 참 무섭다

군사설

—홍탁

홍어 전문 식당 식탁 늦은 저녁 다섯 사내 탁주잔에 묵
은 김치 삭은 살점 올려놓고 중국과 러시아 일본 미국까
지 막 씹는다

굳은살 깊게 박인 꺼끌꺼끌한 손의 이력 때마침 TV 속
보 단속 경찰 순직 소식 "그랑깨 서해 바다가 뙤놈들 꺼
여! 뙤놈들 꺼"

목소리가 식탁까지 우두둑 씹을 형국 "참말로 어쩌다
가 요로코롬 되얏쓰까~이, 에라이 시불놈들아!" 부르르
떠는 술잔

죽어 향기 내는 일이 합일合—처럼 신성해서 미물도 냄
새 뿜어 수무하게 풀라는데 "그랑깨 만만한 거이 홍어 조
지라 이거제이"

들쑤시던 삿대질이 창을 통해 쭉 빠지고 이번엔 6자 회

담 북한 핵을 막 씹는데 사내들 손바닥에선 삼합三合이
또 이루어진다

군사설
-58 개띤 살아 있다!

펑크 나서 때운 흔적 대궁밥이 되었지만

막 벌어서 살기에는 딱 좋았던 그 봄날엔

몸뚱이 굴리고 굴려 쉼 없이 내달렸지

바닥에 막 비비는 숨 막히는 그 쾌감에

배고픈 허기까진 채울 시간 있었던가

또 다른 역사를 위해 닳는 것도 모르고

한 시대를 짊어지고 온몸을 비빈다는 것

다 알 거야 오르가슴 뜨거웠고 짜릿했던

폐차장 외진 푸서리 중고 타이어 구르고 싶다

묵은 하서 下書

사랑채
시린 바람
손끝에서 아리는데

행여, 마음 쓰일까
기척을 지운 편지

먼발치
헛기침 소리
꿈인 듯
생시인 듯

불어터진 짜장면

습기가 싹 달아난
지하 통로 시커먼 벽

〈수지야 결혼하자!〉
〈일수 쓸 분, 연락 바람!〉

급하게 젓가락으로
휘휘 저어 쓴 낙서 같은

너 죽고 나 죽자며
머리카락 염색하다

게거품 입에 물고
고래고래 소리치는

겉으론
참 단아했던

여인의
알몸 같은

부부라는 이름의 詩

대학병원 폐암 병동 금연 구역 휴게실

대롱대롱 흔들리는 링거병을 팔에 꽂은

중년의
마른 남자와
휠체어 밀던 아낙

깊은 산 호수 수면 그 잔잔한 표정으로

담배를 꺼내 물고 서로 불을 붙여준다

주위의 눈길을 닫는
저 뜨거운
합일合一!

인간의 사명

반구대 암각화 돌문 열고 들어가서
교미하는 자세로 선 생명을 바라보며
설레던 집사람과의 꽃잠을 생각한다

굶주림과 배부름이 하나인 걸 잇기 위해
사냥이란 종교를 그림으로 새겼구나
그날의 파도 소리가 고래를 몰고 온다

암벽에 갇혔지만 멈춤 없는 저 발걸음
날카로운 돌 작살이 희미하게 다 삭도록
바람에 벗은 몸으로 누억년을 걸었구나

살아가는 등록들이 지워지는 순간까지
시간과 뒹굴면서 흘러야 할 사명임에
오늘 밤 아내와 함께 또 치레를 해야겠다

여항閭巷 한복판으로 스며든 불편不便의 힘

정용국　시인

1. 로그인

특별한 이의 없이 현대시조 100년의 역사가 그대로 인정 된다고 하는 것을 전제로 하여 고시조와 현대시조의 가장 큰 차이점을 설정해본다면 시조가 가사歌詞의 영역에서 벗어나 문학으로서의 독립 장르를 형성한 것이라 해야 할 것이다. 창唱으로 불린 시조들의 면면을 살펴보면 정치에 참여한 유 학자들의 작품이 주류를 형성하고 있는데, 작품 내용은 국시 였던 유교 이념이 집권자들에 의해 붕괴되는 처참한 상황에 처한 유교 신봉자들의 각성과 비애 등이 대부분이다. 그 후

정권 안정기에 나타난 훈민과 시절가조로서의 역할, 더 나아가 양반사회를 구가하는데 필수 요인들이 담긴 작품들이 주류를 이루고 있다. 기실 조선 중기 이후 양반사회가 붕괴되며 나타나기 시작한 사설시조와 가사歌辭는 이미 시조창 가사로서의 역할을 하지 않았다고 보아야 할 것이다. 뿐만 아니라 일제강점기의 민족문화 말살 정책과 서구 문물의 급격한 유입으로 시조와 마찬가지로 창을 향유하는 계층과 빈도가 급격하게 줄어들었음을 감지할 수 있다. 즉, 시조 문학과 시조창이 동반 하락하는 사이 자연스럽게 문학과 창이 결별의 순서를 밟아갔다고 보여진다.

이 과정에서 우리는 현대시조를 창작하는 주체 세력의 변천 과정에 대해 주목해볼 필요가 있다. 국문학사에서 대체로 무시해버리기 일쑤인 여항문학閭巷文學은 양반문학과 서민문학에 대응되는 개념으로 중인문학이라고 부르기도 하지만, 사실 역관譯官 등의 전문 지식인과 기술직 중인이 주도한 것으로 서얼과 승려 등 하층민까지 참여했으므로 중인 이하 하층민들이 공유했던 문학을 일컫는 것으로 보아도 무방할 것이다. 이러한 문학운동은 우리 시조 문학사에도 지대한 공을 끼치게 되는데 김천택의 『청구영언靑丘永言』이나 김수장의 『해동가요海東歌謠』 등 시조모음집이 바로 이곳에서 발원하고 있음을 연구자들은 간과해서는 안 될 것이다.

여항문학은 17세기 말에 성립되어 18, 19세기에 크게 융성했다가 개화기까지 지속된 것으로서 중인층 사회 문화 활동의 일환이었다. 당시 사회와 경제 배경에 의해 교육의 기회가 늘어난 중인층은 신분 제약 때문에 정치에 참여할 수 없게 되자 자신들의 학식과 재능을 문학에 쏟았다. 유대치·오경석·최남선·장지연 등의 개화기 인사들은 모두 중인 출신으로 문학뿐만 아니라 신문화운동에 깊이 개입했다. 특히 중인층은 역관 무역과 상업 등으로 자본을 축적하여 경제 지위를 향상했고 그로 인한 생활의 여유는 곧 문화 예술에 대한 적극적인 참여로 이어졌다. 중인층은 한시뿐만 아니라 시조의 창작과 가창 또는 음악·미술 분야에도 두드러진 활동을 보여준다.『청구영언』『해동가요』 등의 시조집 편찬도 중인층에서 담당했으며 이들은 자신들의 문학이나 예술에서의 성취가 사대부에 못지않다고 자부했지만 양반사회의 신분 질서에 막혀 뜻을 이룰 수 없었다. 이러한 현실에서 소외된 계층의 자각의식에서 그들 나름대로 동류의식을 형성하여 나타난 것이 여항문학운동이다. 귀족문학으로서의 성격과 서민문학으로서의 특징을

혼합한 시민문학운동이었으나 근대문학으로 꽃피우지 못
한 채 개화기에 이르렀다.

　　—「여항문학(또는 위항문학)」브리태니커 사전 요약

현대시조가 위와 같은 배경 아래서 출발하고 있다는 사실
은 시절가조로서 훌륭한 기저를 형성하고 있는 문학으로서의
항심을 살펴보게 되는 대목이다. 그러므로 현대시조 작가들은
이미 반상班常이라는 굴레에서 해체된 평민의식이 팽배한 지
식인들로 이는 조선의 긴 역사에 비추어 볼 때 고시조 작가들
과는 선연하게 구별되는 획기적인 사실이다. 더 엄밀하게 말
해 20세기 초 시조 작가들이었던 위당 정인보, 육당 최남선,
가람 이병기 등이 시대 선각자들이었다면 한국시조작가협회
가 창립된 1964년 이후에 이르러서는 그야말로 특별한 교육
과 가문의 후광이 배제된 일반인들이 시인의 자리에 이르는
'보통'의 시대에 닿게 된 것이다. 이를 바탕으로 시조 작품들
의 주제와 소재들을 개괄해보면 '훈민과 정신의 개조 수단'에
서 가람의 주창대로 '실감 실정'을 노래하는 시조 문학의 대지
평이 비로소 열리게 되었다고 볼 수 있는 것이다.
　변현상의 첫 시집 『차가운 기도』를 접하며 여항문학의 위
상을 재삼 생각한 것은 그의 시 대부분의 배경이 "백성의 살

림집들이 모여 부락을 이룬 곳. 또는 일반 대중들의 사회"라는 뜻을 지닌 '여항'과 잘 버무려져 있다는 발상에서 기인하였다. 물론 모든 시의 배경은 사람 사는 곳이지만 여항이 뜻하는 속말의 표리表裏가 변현상 시의 근저에 잘 스며들어 있다는 점, 그리고 평소 변 시인과의 소통을 통해 지득하게 된 그의 정서가 여항문학운동이 주는 다양한 소회와 근접해 있었기 때문이었다. 이런 기조야말로 우리가 늘 '시절가조'라 상찬하는 시조의 긍정 정서와 상통한다는 점에서 더욱 배의 配意가 짙은 관계라는 것을 감지하게 된다. 시집의 이정표인 듯 운동의 서문誓文 같은 첫 시를 읽어보자.

흑과 백이 함께 만든 회색의 평화처럼

살가운 실바람에 울컥하는 마음처럼

쉬리가 헤엄을 치는 투명한 여울처럼

번개 천둥 꽃향기에 꿈쩍 않는 바위처럼

더도 덜도 붙지 않는 차가운 철로처럼

살아서 뿜어 올리는 뜨거운 용암처럼
―「서시序詩」전문

　누구나 자신의 마음속에 꿈꾸고 있는 정상을 향한 길목에
그 가치와 노정에 관한 지표가 있게 마련이다. 두 수로 된
「서시」에는 시인이 창작에 임하는 자세와 자신의 시가 가고
자 하는 방향이 제시되고 있다고 보여진다. 마치 시집에 붙
인 '시인의 말'이나 '자서'와도 같고 또는 어느 결사체의 '헌
장'과 유사한 분위기를 주는 이 작품에는 크게 세 가지의 각
오가 새겨져 있다. 평화, 열정, 냉철이 바로 그 덕목들이다.
다시 말해 최고의 덕목인 '평화'를 구현하기 위한 방편으로
'열정'과 '냉철'을 지켜내고 싶은 시인의 다짐이라 읽힌다.
이러한 작가의 의도는 『차가운 기도』라 명명한 시집 제목에
서도 감지된다. 기도는 늘 따뜻한 평화를 뜻하지만 '차가운'
이라는 형용사를 기도 앞에 놓았다. 이로써 평화가 열정만으
로는 이뤄지기 힘들다는 시인의 각성이 내포되어 있음을 간
파할 수 있다. 마치 '열정과 냉철'이, 평화를 만나기 위해 시
인 스스로가 끝까지 지켜내야 할 행동 강령의 양대 산맥임을
역설로 표현한 것이라 생각된다. 위 작품에서는 평화―바위,
마음―용암, 여울―철로가 서로 짝을 이루며 회색의―꿈쩍

115

않는(평화), 울컥하는―뜨거운(열정), 투명한―차가운(냉철)
의 이미지를 표현하고 있다. 모든 장의 끝을 '~처럼'으로 갈
무리한 것은 시인의 간절한 소망과 맹세를 뜻한다. 시를 쓰
는 자세와 그의 시가 갈망하는 지평이 바로 위의 덕목과 일
치하고자 하는 바람이다. 본디 시절가조가 나온 여항의 한복
판으로 뚜벅뚜벅 발길을 옮기는 그의 넓은 등판을 보며 무량
無量한 시조의 따듯함을 느끼게 된다.

2. 불화는 사랑을 향하고

변현상의 시는 고분고분하지 않다. 그의 첫 시집도 얌전하
고 가지런하게 차린 밥상을 기대하면 곤란하다. 수저도 다소
곳이 올려주지 않을 때가 많아 찾아야 하고 휴지나 이쑤시개
를 챙겨주는 일은 아예 포기해야 좋을 것이다. 울퉁불퉁 짜
고 매운 김치와 심드렁하게 굵고 높은 목청으로 구시렁대며
가져오는 반찬들에 오만 정이 떨어질 것 같은 때도 있을 것
이다. 그러나 노지에서 햇볕과 바람을 견디며 자란 식재료가
입에서는 거칠게 느껴져도 우리 몸에 좋은 것처럼 잠시 곱씹
는 불편을 감수하면 다디단 시의 뒷맛을 느끼게 될 것이다.

더디게 밥을 먹고 나서 벽에 등을 기댈라치면 어느 결에 밥상 밑에 가져다 놓은 구수하고 뜨끈한 숭늉 맛에 빙긋이 웃음이 솟아나는데 바로 이것이 변현상 시조의 맛이다.

> 2012년 Korea 호텔
> 성탄 전야 축하 연극
> 환각으로 촬영된 뉴스쇼 환상 픽션
> 예수님 부활하신 듯 풍악 꽝꽝 울린다
>
> 피눈물로 밥을 짓는 뉴스들은 삭제됐다
> 주인공에 캐스팅된
> 도시락 든 가짜 예수
> 쪽방촌 독거노인은 엑스트라 조연이다
>
> 순진한 양 떼를 향해 무차별 난사하는
> 환각 총알 장전한
> 텔레비전 중기관총
> 아무런 경고가 없다
> 환각이 시작된다
> ─「야누스의 성탄」 전문

야누스Janus는 로마 신화에 나오는 성문을 수호하는 신인데 앞뒤로 두 개의 얼굴을 가지고 있어 흔히 이율배반의 이미지로 통한다. 그래서 전쟁과 평화, 사랑과 증오 등 이중 가치를 동시에 표현하는 대명사가 되었다. 거룩한 "성탄" 앞에 "야누스"라는 부정의 뜻이 강한 시어가 놓인 제목만 보아도 성스럽고 즐거운 성탄이 되기는 애초에 글러먹은 듯한 느낌이 다가온다. 전 세계가 예수의 탄신일을 축하하는 크리스마스이브에 유독 한국에서만 기이하고도 이상한 사건이 벌어질 리 만무하건만 시인의 눈은 편치 않다. 독자들까지 성탄 전야를 즐길 수 없게 여기저기를 들쑤시며 불편을 자초한다. 이런 모습은 자본주의를 표방하는 어느 나라에서나 볼 수 있는 일이고 꼭 오늘이 아니더라도 늘 벌어지는 일상임에도 변현상의 레이더와 안테나는 그냥 지나치지 않는다. 시인의 감성이 이런 발상을 일으키는 심저에는 '사랑'이 자리하고 있기 때문이다. 마치 정의가 불공정한 사안에 대한 분노에서 출발하는 것처럼 사랑이라는 씨앗도 결국 사회 현실에 대한 부당함을 고발하고 억제하려는 마음에서 시작된다.

"Korea 호텔"이라는 가상공간에서 벌어지는 "성탄 전야 축하 연극"은 "풍악 꽝꽝 울"리며 막이 올라가고 "도시락 든 가짜 예수"가 나타나 열연을 펼치지만 이를 중계하는 "환각 총

알 장전한" 기관총 된 텔레비전은 무용지물 "아무런 경고가 없다". 마치 사뮈엘 베케트Samuel Beckett의 부조리극不條理劇 「고도를 기다리며」와 흡사한 느낌을 준다. 그 이유는 둘째 수에 있다. "피눈물로 밥을 짓는 뉴스들은 삭제됐다"라는 현수막이 대표적이다. 시인의 초점은 "도시락 든 가짜 예수"보다 "쪽방촌 독거노인"에 맞춰져 있다. "엑스트라 조연"과 "주인공"이 뒤바뀐 부조리극을 보는 독자들도 불편하기는 마찬가지여서 이미 "순진한 양 떼"가 아니다. 부도덕과 불법과 비리가 판을 치는 우리의 일상인 "피눈물로 밥을 짓는 뉴스들"을 덮어두고 벌어지는 "뉴스쇼 환상 픽션"에서 예수와 독거노인의 이미지는 자본주의의 비정한 현실을 또렷하게 반영하고 있다. 시인의 빠른 발은 또 다른 여염閻閻의 현장으로 내닫는다.

장바구니 들어주며 따라간 재래시장

보름사리 해무 속에 원산지가 숨어버린

가면 쓴 얼굴만 남은 난장판인 걸 알았다

밑진다며 깎아주는 칼 없는 마법에 걸린

방싯방싯 받는 손과 싱글벙글 퍼주는 손

바람에 펄럭거리는 신토불이 찢긴 구호

먹구름 짙게 내린 아버지의 넓은 들녘

이름도 잊어버린 우리들의 저녁 식탁

타인의 속곳을 입고 모래 격격 씹고 있다
―「가면 식탁」 전문

　인간에게 가장 중요한 것이 먹거리라는 것을 모르는 사람은
없을 것이다. 그러나 정작 우리의 먹거리가 감추고 있는 비
리에 대해서는 잘 모르는 것이 일반이다. 허무맹랑한 식량
자급률에서 시작해 허술하기 이를 데 없는 유기농의 진실,
공공연히 감추는 축산업의 실태, 가공식품 첨가물의 꼼수,
수입 농수산물의 방부제 첨가 문제 등 텔레비전 고발 프로그
램에서 다뤄지는 현실들이 분명 우리 생명과 질병에 직결된

문제임에도 불구하고 심각한 반성과 성찰이 부족한 상태로 지나쳐 가버리는 실태는 안타깝기 그지없다. 이제는 한국 농수산업에 투입되어 비인간 취급을 받으며 고된 노동에 휘둘리고 있는 외국인 노동자들의 실태까지 챙겨 보아야 하는 총체적 난관에 봉착해 있는 것이 한국 식품의 현장이라고 말할 수 있다. 이러한 모든 문제가 '자본주의'라는 거대하고 영악한 손아귀에 덜미를 잡힌 채 버둥대고 있다. '최소의 투자로 최대의 이익을 창출'하는 것을 지상 과제로 삼는 자본주의의 냉혹한 현실이 결국 「가면 식탁」을 만든 장본인이다. 제대로 생산되지 않은 식품들이 인간의 몸과 사회에 미치는 영향은 상상을 초월한다. 유전자 변형 작물, 경제 원리로만 사육되는 동물들의 고통과 항생제가 유발하는 면역 체계의 붕괴, 식품첨가물들의 누적이 초래하는 각종 질병은 아마 빠른 시간 안에 인간의 몸을 상하게 할 것이고 인간은 다시 병마를 치료하기 위한 더 강력한 치료제를 찾아 헤매는 끝없는 고난의 순렛길을 가게 될 것이다.

"원산지가 숨어버린 // 가면 쓴 얼굴만 남은 난장판", "신토불이 찢긴 구호"들이 모두 위에 서술한 우리 식품들의 현실이다. 그리고 마지막 수 전체에 드러난 행간 속에는 우리 농촌과 식탁의 제반 문제들이 그대로 나타난다. FTA라는 허울 좋은 구호에 한국 농부와 칠레 농부가 동시에 고통을 당하고, 어이없는 통계 아래 한국 대기업들은 순이익의 고공행진에 즐거운 비명을 지르고 있다. 가능한 한 육류 섭취를 줄이고 작고 강한 농가를 지원하는 길이 거대 농업이 자초하는 엄청난 망상을 깨고 공업지상주의의 허구에서 인간성을 회복해내는 길이라 할 수 있다. 제3공화국에서 시작된 이러한 정책들이 결국 공업 제품을 수출하기 위해 우리 농업, 수산업, 축산업을 고스란히 무너지게 만든 것이다. 필자의 소견이 강하게 거론된 듯 보이지만 변현상 시인이 시 행간에 숨겨두고 있는 것들이 모두 이러한 문제들이다. 그 결과는 바로 「가면 식탁」이고 "먹구름 짙게 내린 아버지의 넓은 들녘"이 되어버린 것이다. 우스운 말로 천안 명물 호두과자는 미국산 밀가루와 중국산 호두에 천안의 물로 만들어진다는 이야기가 우리의 현실이 되었다. "이름도 잊어버린 우리들의 저녁 식탁"은 위의 절차와 난제가 만든 종합 선물 세트라 생각한다. 결국 "타인의 속곳을 입고 모래 꺽꺽 씹고 있다"라는 종장은 땅을 치며 울어야 할 우리 식탁의 모든 비밀과 허구가 가득 차려져 있는 심각한 삶의 현장이다.

변현상의 시조는 단도직입으로 말한다. 물론 소재나 주제를 선택함에 있어서 다분히 사회문제가 되는 것들에 시선을

두고 있기 때문에 독자들의 불편함이나 서정미에 온 마음을 주지 못하는 경우가 많기 때문이다. 그러나 그의 투박한 손과 마음은 정성을 다해 곪고 드러난 상처를 보듬으려 애쓰고 있다. "타인의 속곳을 입고 모래 걱걱 씹고 있다"라는 다소 건조한 종장 속에 소설로 써도 모자를 많은 이야기와 상처들이 눈을 부라리며 주먹을 불끈 쥐고 있는 모습을 볼 수 있다. 순수를 표방하는 미학들이 아름다우나 자칫 현실에 무감각한 지상주의至上主義를 그는 용납하지 않는다. "장바구니 들어주며 따라간" 착한 50대 남편의 마음을 우울하고 화나게 만든 「가면 식탁」에서 우리가 읽어내고 지켜내야 할 대목이 너무 무겁고 눈물겹다.

3. 버거워도 눈물겨운 그물 안 가족

변현상은 베이비붐 세대baby boom generation이다. 한국전쟁이 끝나고 부부들이 다시 만나면서 미뤄졌던 결혼도 한꺼번에 이뤄진 덕분에 평균보다 많은 아이들이 생겨나게 되었다. 이들 베이비붐 세대는 이전 세대와는 달리 성해방과 반전反戰운동, 대중문화 등 다양한 사회운동을 주도해왔다. 변현상 시인도 「군사설—58 개면 살아 있다!」라는 작품에서 "몸뚱이 굴리고 굴려 쉴 없이 내달렸지", "또 다른 역사를 위해 닳는 것도 모르고"라며 자신의 처지를 "중고 타이어"에 비유해 베이비붐 세대의 애환을 털어놓고 있다. 이제 50대 후반이고 곧 퇴직이 코앞이며 하나둘 손자를 안아보는 지경에 이른 그들은 불길 같았던 80년대 민주화운동 넥타이 부대의 주역이기도 했으며 수출 제일전선의 교두보였다. 그래서 더욱 가족이라는 호칭에 약하고 서로에게 비빌 언덕을 내주는 마지막 세대가 되었는지도 모른다. 시편 가운데 유독 가족의 이야기가 많은 것도 모두 그럴 만한 이유가 있었던 것이다.

겨울 오는 된비알
요양병원 침대 위에
오래 묵어 우물대는 헐렁한 틀니들이
왜바람 휘몰고 오는 해거름을 씹는다

자동화로 질주하는 시대에 승차당한
링거 꽂아 충전해도 평지가 힘든 낙타
깊은 밤 빗금을 치는 별똥별의 시간이다

갈무리한 둥치까지

아낌없이 싹둑 잘라

사위로 며느리로 대처로 다 보낸 뒤

무서리

하얗게 맞은

무청으로 넘고 있다

    —「그루터기의 시간」 전문

  베이비붐 세대들에게는 두 개의 짐이 있다. 어느 세대나 부모와 자식 사이에 놓이지만 연대기로 보아 한국의 50년대 출생자들에게는 특별한 역사와 시대적 의무가 있었다. 비록 전쟁의 위험은 비켰지만 성장과 민주화라는 또 다른 빙벽들이 그들을 에워쌌다. 또한 세계화와 더불어 급변한 이념주의의 퇴색은 태풍처럼 그들의 가치관을 뒤흔든 비켜 갈 수 없는 장애물이었다. 이러한 세태는 유교 이념을 급속하게 무너트렸고 그 혼돈의 격랑에 치이며 장수 세대에 이른 부모를 봉양해야 하는 책임과, 그릇된 교육정책으로 사교육비가 막대해진 시기에 자식을 양육해야 하는 큰 부담을 안겼다. 인생 100세라는 말은 이미 우리에게 현실이 되었다. 의료 기술의 발달은 많은 질병을 극복하게 했지만 아직 무상 의료와

완전한 노인복지에 이르지 못한 시기에 자식의 입장에 서 있는 50대에게는 엄청난 부담일 수밖에 없다.

고령이 되면서 잇몸에 살이 줄어들면 틀니가 잘 맞지 않게 된다. 그래서 "헐렁한 틀니들이" 되어버린 부모님들은 요양 병원 신세를 지고 있는 것이 이제 집집마다 흔한 일이다. 그래서 마음대로 죽기도 어려운 시대라는 말이 화두처럼 거리를 헤맨다. 자주 찾아오지도 않는 자식들을 기다리는 하루는 길고 작은 희망을 또 접어야 하는 저녁은 횡하기만 하다. "겨울 오는 된비알"로 "왜바람 휘몰고 오는 해거름을 썹는" 노인은 이제 우리 시대의 슬픈 징표가 되었다. 네댓이 보통이었던 자식들을 키워낸 부모들은 수중에 남은 것이 없다. "질주하는 시대에 승차당한" 채 공단으로 해외로 돈을 벌러 다녀야 했다. 그렇게 해서 자식들을 대학을 보내고 그나마 굶기지 않고 살아온 시간들이었다. 자고 나면 거뜬했던 육신은 "링거 꽂아 충전해도 평지가 힘든 낙타"가 되었으니 세월만 무상하다. 잠들지 못하고 뒤척이는 "깊은 밤 빗금을 치는 별똥별의 시간"은 고역을 견디는 참형의 시간일 수밖에 없다. 이렇게 허기지게 두 수에 그려낸 상처 난 그림들을 살포시 들어 셋째 수에 얹어놓았는데 모양이 아주 곱다. 잎사귀는 "아낌없이 싹둑 잘라" 자식들에게 주고 그루터기만 남아 "무

서리 / 하얗게 맞은" 모습으로 살려내고 있다. 요양병원에서
시작한 무거운 이야기를 "갈무리한 둥치까지" "대처로 다 보
낸 뒤" 겨울을 넘고 있는 무청으로 전개한 솜씨가 정갈하다.
별똥별을 세며 힘든 시간을 보내던 노인의 이미지가 하얗게
센 머리칼을 곱게 빗어 쪽을 올린 할머니의 오롯한 자태로
살아나 독자들의 가슴을 먹먹하게 하고 있다.

　　대학병원 폐암 병동 금연 구역 휴게실

　　대롱대롱 흔들리는 링거병을 팔에 꽂은

　　중년의
　　마른 남자와
　　휠체어 밀던 아낙

　　깊은 산 호수 수면 그 잔잔한 표정으로

　　담배를 꺼내 물고 서로 불을 붙여준다

주위의 눈길을 닿는

저 뜨거운

합일슴―!

―「부부라는 이름의 詩」 전문

　변현상 시의 이미지 중에는 마치 그가 스마트폰을 들고 다
니다가 재빠르게 찍어내는 사진과 흡사한 느낌을 주는 것들
이 많다. 일단 이미지를 사진에 잡아두었다가 살을 붙이거나
보조 작업을 하듯 선명한 컷을 유지하는 사진의 맛을 풍긴다
는 것이다. 「부부라는 이름의 詩」도 병원에서 환자복을 입은
"중년의 / 마른 남자"와 "휠체어 밀던 아낙"이 서로 담뱃불을
붙여주는 사진 한 장을 토대로 이런저런 이야기를 붙여 시를
완성했을 것이다. 그렇다면 그는 늘 시의 첨단 안테나를 잘
켜 들고 다니는 시인이라 하겠다. 항상 강력한 시의 자기장
을 내보내는 그에게 사람과 사물의 목소리가 잘 수신되는 것
은 당연한 일이라 믿어진다.

　50대가 겪은 부부상과 현재의 모습도 많이 변했다. 그들이
보아왔던 부모 세대의 부부상은 현재와는 판이하다. 부부유
별과 남존여비의 잔재가 무시할 수 없는 시대의 그림자였기
때문이다. 여기 변현상이 찍어낸 한 장의 스냅사진은 그가

넘어온 시대의 우울과는 한결 다른 색다른 컷이라 해야겠다. 두 수로 구성된 이 작품은 마지막 수 종장을 제외하고는 모두 배경에 불과하다. 담배를 피워 문 두 사람이 부부인지 폐암 환자인지 확인되지 않았지만 시에서는 더 이상 말이 필요 없다. 더구나 담배가 환자에게 치명적인 것인지 환자의 증세가 얼마나 중한지도 독자는 알 필요가 없고 시인도 말해줄 의무가 없다. 그렇지만 독자들은 조용한 사진 한 장으로 모든 분위기를 감지한다. 다만 시인은 마지막으로 "주위의 눈길을 닫는 / 저 뜨거운 / 합일습—!"이라는 사족을 달아두었다. 공감하는 일은 이제 독자의 몫이다.

이 작품 외에도 변현상이 그려낸 가족의 이야기는 많고 또 한없이 둥글다. 햇나물을 다듬는 아내의 손톱 밑을 보며 "아래위가 달라붙은 부끄러운 연탄처럼"이라는 경건한 기도를 올리는 「네 물이 내 몸에 와」, "이파리 몽땅 떨군 / 담쟁이넝쿨 가족들이" "몸과 몸 서로 붙안고 / 앙세게 건너간다"라는 또 한 장의 스냅사진을 재현한 「뜨거운 가족」 외에도 노인들의 이야기를 군사설로 풀어낸 작품들에서 그가 영위해나가는 튼실한 가족과 가정의 모습을 어렴풋하게나마 들여다보게 되는 것도 시시콜콜한 재미라 하겠다.

4. 삶, 쓰라린 물집 같은

　진정한 선진 국가가 되려면 질병, 실업 등의 위험에 처해진 국민을 신속하게 보호해야 하는 것은 물론이요, 국민들이 전쟁과 재해나 위험에 처하지 않도록 사전 조치하고 철저히 교육해야 한다. 더 나아가 국민들이 정신적으로 안정되고 화평한 삶을 유지하도록 긴장과 마찰을 사전에 조정하여 스트레스와 트라우마의 위험에 들지 않게 해야 할 것이다. 그런 면에서 본다면 독재자들은 국가와 국민 사이에 불신을 조장하고 끝없는 비민주 행태를 저질러 국민들의 심리를 불안하게 하며 끝내는 스트레스와 트라우마에 빠트리는 엄청난 과오를 저지른다. 이러한 일들은 운명적으로 한 국가의 구성원으로 살아갈 수밖에 없는 인간이 피할 수 없는 사안인데 우리의 현대사는 국민들에게 참으로 돌이킬 수 없이 커다란 시련을 주었다고 할 수 있다. 이로 인해 야기된 문제들 중에서 가장 큰 문제 중 하나가 통일이며 그다음은 통치자와 국민 간의 원활한 소통이라 생각된다.

　위에 기술한 것들은 충분히 사회문제로 토론되고 그 해결책들을 모색해보지만 쉽게 해결 될 기미가 보이지 않는 것들이다. 부지런하고 호기심이 많으며 고감도 레이더와 안테나

를 장착한 변현상의 감수성이 이러한 문제들을 가만 놓아둘
리가 없다. 자신이 영위하는 삶의 구석까지 의문을 벗겨내고
두드려보는 습성을 유감없이 발휘하며 창작에 있어서도 그
시험을 그치지 않는다. 더 나아가 사회에 편재된 수많은 이
슈들에 대해서도 자신의 속내를 숨기지 않고 여러 작품에 풀
어내고 있다.

    해안을 들이박는 저 무쌍한 파도, 파도
    60여 년 두드려도 갯바위로 앉아 있는
    꽉 막힌 불통을 향한 돌직구의 통쾌함이니

    연탄불이 연탄불을 재 되어도 놓지 않듯
    서로가 서로를 향해 목숨보다 간절하면
    무작정 저리 달려와 장렬해도 되는 건데

    으깨진 물보라가 한 경치를 펼쳐 보이는
    아우성치는 이 영상은 참으로 무책임하다
    덧없는 하루살이 떼 윙윙 왕왕 흩날리는
    —「마차진리에서」 전문

인간의 소통이 아무리 원활하다고 해도 상대방의 정치 이념이나 사회를 보는 시각 등을 설득하고 이해시키는 것은 거의 불가능하다고 생각한다. 일정한 교육과정을 거치고 성장하며 부모를 통해 배우고 자신이 처한 주변으로부터 습득하게 되는 지식들은 수십 년에 걸쳐 고정되고 개인의 뇌리에서 굳어지기 때문이다. 남북의 국민들이 서로를 이해하지 못하는 것도 이 때문이고 수구와 진보가 평행선으로 대립하는 것도 다 같은 연유이다. 「마차진리에서」에는 통일의 문제가 들어 있다. 휴전선이 인접한 마차진리는 금강산 가는 길목에 있다. 한때 화해의 깃발을 올리며 민족끼리의 거래가 있었던 곳이지만 그마저 자존심을 내세우며 중지해버린 불통의 땅이 되어버렸다. "60여 년 두드려도 갯바위로 앉아 있는" 불화의 시대를 어찌해야 좋을 것인가. "무쌍한 파도"만 "돌직구의 통쾌함"으로 "해안을 들이박"지만 60년째 감감무소식이다.

"서로를 향해 목숨보다 간절하면" 모든 일이 다 풀리겠지만 한반도의 문제는 당사자들 외에도 많은 나라의 이익과 안전이 얽혀 있으니 "무작정 저리 달려와 장렬해도" 이루어지기 쉽지 않은 문제이다. 그러나 시인의 감성은 가볍게 "연탄불이 연탄불을 재 되어도 놓지 않듯" 잡아주고 받아들이지 않는다는 것에 가슴을 친다. 시인과 정치가들의 계산은 애초

부터 한참 괴리가 있다. 결국 "으깨진 물보라가 한 경치를 펼쳐 보이는 / 아우성치는 이 영상은 참으로 무책임하다"라는 허전한 독백만이 갯바위 위로 흩어지고 만다. 한숨을 뒤로하며 돌아서는 시인의 눈엔 "덧없는 하루살이 떼 욍욍 왕왕 흩날리는" 처참한 모습이 펼쳐지고 다시 불신과 고성이 오가는 남북의 불통은 시인의 스트레스로 남는다. 답답하기는 독자들도 마찬가지여서 읽는 내내 불편했을 것이다. 그러나 그 불편은 언젠가 간절한 소망으로 돌아와 통일의 씨가 되어야 한다는 것을 시인은 믿는다. 정치와 역사 앞에 나약하지 않으려는 그의 가슴이 씩씩하고 넓다.

공사판이 되어버린 물새 떠난 강변 둔치
모래톱에 발이 묶인 녹이 슨 폐선 한 척
바람의 나라를 향해 진실을 타전했다

굴착기가 파 뒤집는
하구의 먼 미래가
오래전에 멸족된 재첩들과 똑같겠고
황톳빛 강의 핏물은 꾸역꾸역 흘러갔다

잘려 나간 개어귀의 옆구리를 보고 온 후

알몸의 흐느낌이 침실까지 따라왔다

그토록

가고 싶었던

황하黃河가 지워졌다

　　—「하구 시편詩篇—트라우마」전문

　4대강 공사의 결과는 참으로 허망하게 강물 위의 녹조처럼 나뒹굴고 있다. 수십 조의 돈이 투입된 것은 둘째 치고 망가진 강토가 더 애처로운 것은 어찌할 것인가. 누구를 위한 공사였는지 그 들끓던 반대를 무릅쓰고 강행한 초대형 공사를 책임질 사람은 이제 아무도 없다. 골재로 팔면 이익이 난다고 임대료를 내며 쌓아둔 모래엔 풀이 우거져 가득하고 시늉만 내 심어둔 나무들은 다 말라 죽었다. 국가 돈을 마냥 가져다 쓴 수자원공사의 부채는 이제 국민의 등허리를 휘게 할 것이다. 국가와 국민 사이에 불신과 반목을 강바닥보다 더 깊게 파놓은 대통령은 기막히게 훌륭한 자전거 도로에서 아직도 국민들에게 농담조로 빈정대고 있다. 실제로 4대강 때문에 재해를 당한 뒤에 생기는 비정상적인 심리 반응인 트라우마를 앓고 있는 사람들이 많다. 이들의 가슴에 난 구멍과 우울증은 누가 치료하고 보상해줄 것인가. 변현상 시인도 그 피해자 중 한 사람이다. 시인이 "진실을 타전"한 "바람의 나라"는 어디일까. 4대강 공사 추진 세력들은 대학교수와 토목학자들을 매수하고 건교부 산하 유관 부서를 동원하여 공사의 필요성과 성과에 대해 거짓 사실을 유포했다. 그리고 반대 학자들과 국민들의 시위를 강력 저지하며 속도전을 감행했으니 아마 시인은 인간의 손으로는 불가능한 일이라 생각하고 하늘에라도 소식을 전하고 싶었던 것은 아니었을까.

진정 공사 추진자들은 "하구의 먼 미래"를 눈곱만큼도 고려하지 않았다. "물새 떠난 강변 둔치"와 "오래전에 멸족된 재첩들"이 많아질 때 인간도 더 이상 이 지구 상에 존재할 수 없다는 것을 알고 있으면서도 공사를 강행한 깊은 뜻은 무엇이었는지 알고 싶다. "황톳빛 강의 핏물은 꾸역꾸역 흘러"가는데도 밤까지 불을 켜고, 경부고속도로 공사를 시작할 때도 큰 반대가 있었다는 웃지 못할 허무 개그를 들이대며 공사는 진행되었다. 이런 모습들을 보며 시인은 얼마나 자괴감이 들었을까 생각해본다. "알몸의 흐느낌이 침실까지 따라왔다"라고 표현한 마지막 수에서 그는 사념의 끈을 놓는다. 그리고 조용히 그의 꿈 하나를 거둬들인다. "그토록 / 가고 싶었던 / 황하黃河가 지워졌다"라고 끝낸 종장의 울림이 크다. 중국의

황하가 지워진 이유가 궁금하다. "황톳빛 강의 핏물"이 황하의 흙탕물과 연상되어 시인의 가슴을 건드린 것일 게다. 웅장한 황하의 흙탕물을 늘 보고 싶었는데 4대강 공사로 난장판이 되어버린 하구를 보며 끔찍한 생각이 들어 황하를 지워버린 것이리라. 국가가 한 시인의 가슴을 허물어버린 것은 어디에 호소해야 하는지 불화가 너무 깊다.

품을 파는 광야에서 돈을 딴 발바닥에

밑줄 친 꼴찌 같은
가장 낮은 무허가로

택배도 받지 못하는 집 한 채 또 지었네

오늘을 밀고 가는 적빈赤貧들이 지어놓은

문패도 차마 못 다는
곧 사라질 쓰린 거처

함부로 철거를 못 할 눈물로 지은 마가리집!
—「아저씨 물집」전문

간결한 두 수의 시에 큰 생각 하나가 진을 치고 있다. 변현상 시에 자주 등장하는 이러한 불화와 불편의 장면들은 홀로 펄럭이는 저항의 깃발과도 같다는 철 지난 생각을 하게 된다. 구호도 흔해져 주목받지 못하고 국가가 장악한 공중파는 아주 발 빠르고 교묘하게 바쁜 생활인들의 눈과 귀를 덮는 시절에 아저씨 일꾼의 발에 생긴 물집을 이렇게 그려놓은 것이 애처롭다. 어느 시절이나 막노동의 현장은 가장 하층민들의 자리이다. 집도 절도 없을 노동자들 앞에서 "집"이라는 시어를 가지고 "가장 낮은 무허가"인, "택배도 받지 못하는", "문패도 차마 못 다는", "함부로 철거를 못 할" 집이라고 슬프면서도 맛깔나게 버무려낸 "물집"이 아리다 못해 눈물겹다. '집—물집'이라는 기발한 연상과 상상력이 돋보이다가 끝내는 "눈물로 지은 마가리집!"으로 마무리한 구절에 이르면 어느 노동자의 발바닥 굳은살 아래로 잡힌 물집이 마치 거대한 저택을 비웃으며 스멀거리는 환상을 보게 된다. 이것이 바로 변현상 시가 이끌어내는 불편의 힘이라고 믿는다.

5. 우주로 간 소나기가

변현상은 취미로서의 독서 외에 시와는 크게 연관이 없이 50년 가까이 지내온 사람이다. 전공도 정밀기계였고 현재 일터도 기계와 관련된 업종이다. 그런 그가 인터넷 카페를 통하여 시조와 접하게 되면서 통제할 수 없는 열렬한 사랑에 빠지게 되었다. 무뚝뚝하고 말도 거친 경상도 사나이의 마음을 시조에 홀딱 빼앗긴 것이다. 바람도 늦바람이 무섭다 했던가. 그는 2007년《나래시조》신인상을 통하여 시조단에 등단하는데 그도 모자라 2009년 〈국제신문〉과 〈농민신문〉 두 곳에서 신춘문예를 거머쥐는 열정을 보였다. 고감도 카메라로 사물을 속사하고 빠른 이미지 전개를 특징으로 하는 다양한 기법과 풍성한 소재를 다룬 첫 시집에서 상상력이 돋보이는 몇 가지 작품을 살펴보고 원고를 마무리하려 한다.

밤사이 차창 위에 돋을새김 문장文章이다
지난여름 날 적시고 우주로 간 소나기가
이렇게 꽁꽁 시린 날 꽃무늬 연서라니……

히터 켜고 읽는 사이

어렵쇼!

울고 있네!

오호! 섣달의 긴 밤

시詩에 빠져 뒹구는 동안

넌 혼자 진저리 나게

날, 그리워했었구나!

난생처음 참가했던 세미나 끝자리 같은

후 불면 날아가는 희미한 먼지 같은

일간지 한쪽 모서리 투고란에도 실리지 않는

얼룩 같은 날 찾아와

온몸으로 우는 이여!

따글, 따글 얼어붙은 유리 위라도 녹았던 적이

그래 난 언제였었지

펄펄 끓던 첫날밤인가?

　　　　　—「성에꽃」 전문

　거대하고 유려한 상상력이 전편을 감싸며 작은 물방울 하
나도 우주의 건강한 식구임을 깨닫게 해주고 있다. 추운 날

차창에 긴 성에는 빨리 움직여야 하는 현대인들에게는 귀찮고 성가신 자연현상에 불과하다. 시동을 걸고 엔진 온도가 상승하기까지 기다려야만 따뜻한 바람이 나오기 때문에 성에를 거둬내기 위해서는 꽤 긴 시간과 다급함을 걷어 갈 인내가 필요하다. 이런 일상의 사소한 짜증이 밀려오는 순간 시인은 차창에서 화두 하나를 읽어내고 있다. "돋을새김 문장文章"으로 읽어낸 성에꽃도 이채롭지만 그 수분이 "지난여름 날 적시고 우주로 간 소나기"라니 확 숨이 멎는다. 또 그것이 "꽃무늬 연서라니" 순간 포착치고는 고감도 투시력과 기발한 감흥이 일시에 휘청거리고 있다. 첫 수의 감흥이 퍼지기도 전에 시인은 재차 공격을 시도한다. "어럽쇼! / 울고 있네!"라며 다분히 시큰둥한 표현이지만 '어럽쇼'라는 약간은 속되고 놀리는 듯한 감탄사에 알밤 같은 웃음이 번지며 "돋을새김 문장文章"을 한숨에 읽게 되고 "섣달의 긴 밤" 끙끙대며 써 보낸 대자연의 연서는 아주 착하게 해득되고 있다.

"소나기"가 우주로 돌아가 다시 차창의 성에꽃으로 피기까지, 그것을 우주의 거시안을 가지고 해득하기까지, 다시 마음으로 받아 모시기까지 숨찬 메타포의 열기가 겨울밤을 후끈 달구고도 남겠다. 셋째 수에서는 조금 숨을 고른다. 자신의 존재를 한없이 낮춤으로써 성에꽃이 보내온 연서의 힘을 돋

보이게 하기 위한 포석이다. "세미나 끝자리 같은" "일간지 한쪽 모서리 투고란"이라는 신선한 이미지들을 동원한 힘도 전편을 아우르는 큰 응원군이다. 늘 시간에 쫓기고 밀리며 기대치를 못 채운 채 끝이 나는 학술 세미나의 뒷맛과, 하찮은 것 같아도 얻기 힘든 일간지 지면들은 은근하게 독자들의 감정을 이끌어내는 아주 자연스럽고 보드라운 비유라 할 수 있다. 먼 길을 돌아와 숨을 고르며 마지막 수에 와서는 조용히 성찰의 시간을 풀어내고 있다. "따글, 따글"이라는 다소 생소한 부사를 불러들인 것도 자신의 순수하고 고운 감정이 메말라 있음을 드러내는 정감 어린 시어로 보여진다. 차창의 성에를 우주로 갔던 소나기가 꽃무늬 연서가 되어 돌아온 것으로 읽어내는 유장한 상상력의 기운은 큰 강물을 만난 것 같은 상쾌하고 서늘한 기운을 온몸으로 느끼게 하였다.

겨우내 강 녘을 꽝 꽝 끌어안았다가

북쪽 물이 남쪽 물이

흘레붙고

있네

있네

임진각 돌고 온 바람 힐끔힐끔

웃네

가네

눈 이불로 덮었어도 속속들이 다 보이네

어머나, 어머나

쩡 쩡

용을 쓰네

물오름 얼음장 아래 흥얼흥얼

섞네

가네
　―「해동解凍」 전문

　일부러 벌려놓은 가벼운 행 가름과 까불듯 놀려대는 말투의 깊은 저변에 슬픔이 숨어 있다. '해동'이라 시제를 붙인 것은 슬쩍 한눈을 팔아도, "흘레붙고" 있는 임진강 물이 웃으며 가더라도 물처럼 오갈 수 없는 민족의 처지가 결코 가볍지 않아서다. 시인은 부러 "있네 // 있네", "웃네 // 가네", "섞네 // 가네"라며 분위기를 이끌어 가려고 무진 애를 쓰고 있다. 그 경쾌함 속에 눌어붙어 있는 중압감을 떨쳐내려고 말이다. 역설로 분단이라는 소재를 이렇게 경쾌하게 이야기하기란 쉽지 않았을 것이다. 종장의 배행을 흔들어가면서까지 웃음을 잃지 않으려 고군분투한 시인의 붓끝이 고맙다. 아직 "눈 이불" 덮여 있는 얼음장 밑에 "쩡 쩡 // 용을 쓰"며 흘러가는 물을 "흘레"라는 쉽지 않은 시어로 드러낸 연상을 끝까지 무겁지 않게 몰고 간 시인 또한 크게 용을 썼다 하겠다.